AF370324

قصتي والقرية

اسم الكتاب: قصتي والقرية

المؤلف: د.عبدالرحمن محمد معروف

التنسيق والإخراج الفني: سليل الفراعنة

مصمم الغلاف: إسلام عادل

الطبعة الأولى: 2024

الناشر: دار عامر للنشر والتوزيع

رقم الإيداع: 2024 /13701

الترقيم الدولي (ISBN): 9782490531394

للتواصل: 01011949575

العنوان: المهندسين 72 شارع جامعة الدول العربية

قصتي والقرية

تأليف

د. عبدالرحمن محمد معروف
2024م

تحكي هذه القصه وقائع حياتيه عاشها الكاتب
إبان شغله كطبيب بيطري في احد القرى الريفيه
الناشئة....وهي منسوخ للحياة اليومية لسكان
القرى الريفيه على الإطلاق..

***

قصتي والقرية

تبدأ زيارة القرية....وحيث تتحول تلكم الزياره منذ الوهلة الاولى حيث تبعث في النفس الروح التعاونيه المنتشره بين افراد تلك القريه وايضا من حيث ما يحكمها من روح تعاونيه اجتماعيه وعرف سائد يحكمها حيث تنير في روح الافراد، التعاون والعمل المثمر بين الافراد في شتى مجالات الحياه ومن اهمها حياة الفلاح البسيطه حيث ينهض في صباحه الباكر لتوفير ما يحتاجه ماشيته وأرضه المزروعة ومن ثم ما تتناسب من امور بعد ذلك، حيث بعد حراثة ارضه ومدها بما تحتاجه من بذور وشتلات زراعيه ومن ماء لازم لريها؟؟؟ لترى هذه النباتات المزروعه حيث تختلف من فصل لآخر على مدار السنة حيث تكون في أوجه إنتاجها الزراعي في فصل الشتاء حيث تتم زراعة الارض من نبته الربه حيث تلك النبته ذات الشكل الهندسي... ثلاثية الأوراق وبعد ذلك يقوم الفلاح بحصاد مايحتاجه... لتوفير قوت ماشيته والفائض يتم بيعه وفرده لتحصيل مايكفي من نقود، وان كانت لبسيطه بل تااااااتي لتعينه على تعب وشقائه في حياته اليوميه، وبعد انتهاء عمله اليومي المكلف به ومن ثم نهاية يومه العملي الصباحي والمسائي....،

وبعد ذلك يتم الانتفاع من تربية تلكم الماشيه من منتجات الالبان ومصنعاتها وبيعه للمعمل سواء كانت تلك المصنعات يتم عملها في معامل بسيطه أو أخرى حديثه (باستخدام الفرن الحراري) وبعدها يتم استخلاص تلك المشتقات من المعامل الحديثه ذات الآلات الحديثة ذات السرعة في الانتاج وانتاج اكبر عدد معين وتغليفها في العلب البلاستيكيه

ومن حيث الناحية الاجتماعية للفرد داخل تلك القريه حيث منهم الصغير والكبير بمختلف اعمارهم وبمستوياتهم التعليميه المختلفه أو غيره ممن لا يستطيع القراءة والكتابة إلى نهاية ذلك ممن استطاع تحصيل محو الاميه؟!حيث انك تعيش مع خلجات نفسك في تلك القرية حيث يتم انبعاث منك وسط تعايشي من لهجات وسلوكيات تحتم عليك بذل كافة السبل لمتابعة عملك ووظيفتك كطبيب أو غيره من الوظائف، حيث ذلك التعايش يبعث في داخلك التعايش البناء الفعال ذا الطاقة الايجابية وكسب خبرات عمليه في اطار وظيفتك ومهنتك.........

ومع استكمال ليناسب قصتنا القصيره الجميله وهذا الحوار مع قصتنا في قريتنا الصغيره، بل هو حديث تفاعلي بين الشخص وقريته الصغيره،،،....،.

حيث ينبت منه فكر سائد بين افراد مجتمعه الصغير وحيث يسود في حكمه وأرائه العرف المجتمعي

ومع قرب انتصاف ذلك اليوم الملىء بالاضافات والافكار ذات الطابع التفاعلي في مجال عملك المنوط به ومع اقتراب الشمس من جعل الظل يتلاشى ليبدأ غروب شمس ذلك اليوم وتمايل الظل؟! ليبدأ متفاوت الاطوال لوصوله للتلاشي مع غروب شمس ذلك اليوم وتوازيها حركة الأفراد في السعي وراء لقمة العيش، ومع سواد ليل بهيم يبدأ بشكل جديد من التفاعل المجتمعي حيث يجتمع افراد المجتمع الصغير حول اماكن التسامر وتبادل الاخبار والاحوال (كالكافتيريات والمطاعم ومع اعتبار تلك الطرق الرئيسيه لتناول الاخبار مع الحفاظ على ارث تفاعلي قديم...؟!)..

وتستمر رسمة القصه القصيره مع القريه بل تلك الرواية المطوله؟!.. حيث تزيد وتبعث في رونقها من حكم قديمه قد درست وحكم تقرأها ولك تفسيرها في واقعك اليومي...

بشكل مفصل، كتفصيل الايام والليالي في الفصول الاربعه للسنه.

ومن ثم ترى مااقبح الفقر واجمل الفقراء؟؟..... جملة تنبع من معانيها وتشمل تلك البساطه التي يعيشها افراد القرية البسطاء، حيث بساطه المعيشه وبساطه الملبس وكذا البساطه في المأكل وبساطة التعامل حيث تنشر وتبعث في ذات الشخص معنى تلك الجمله..وتبعث في جمالها جمال الفقراء وقبح الفقر بذاته، ومع انتشار تلكم العباره وماتوحيها في النفس البشريه وتضيفه في مجال التعامل بين الافراد حب التعاون والبساطه في استقبال وتقبل الاخرين من ذوي البيئه المختلفه المحيطه بهم...؟،، وحيثما وجدت المحبه وجد التعاون البناء..... بين ذوي افراد المجتمع الواحد ومعايير ذلك ايضا للافراد صغيرها من كسب وظيفة ذات طابع دخلي للفرد لكسب قوته اليومي والاعتماد على ذاته وتنميته لذاته، وتلك التنمية ايضا التي تنال غيره من الاشخاص في نفس ذات مجتمعه،

ومع التشبيه البليغ لصور من حياة الفرد في يومه مايمتطي في باكورة يومه من وسيلة كسب يومي حيث مايتيسر له من دابة بأنواعها وماوهبه الله اياه؟ حيث تنتهي بنهاية يومه لجمع ماتيسر له بذلك اليوم من رزق ومن قوت يومه بعد الانتهاء من عمل يومه الملئ بالمشقه من خدمة ماشيته التي وهبها الله اياها والكسب منها ومايجني منها من انتاج

وحيث ترى الفلاح الصغير يمتطي حماره المتواضع للذهاب؟! لعمله الروتيني حيث ومايصادفه من يومه من مواقف عده تراه يدندن في يومه بعبارات يتبعها نوع من الاهازيج الشعبيه تبعث في السامع البساطه وحب العمل لذلك الفلاح الصغير في العمر....

وترى هؤلاء القرويين وكيف يعيشون وماهي انماط حياتهم اليوميه المختلفه؟؟؟

وكيف يصرف الفرد وقته وماتعود عليه من روتين يومي في بذل وقته وكيف يتغلب على مصاعب حياته الروتينيه ومواكبة الحياة وتطورها وكذلك الامر بالنسبة لبقية افراد مجتمعه البسيط؟.. حيث لايوجد متنفس رئيسي للوقت حيث اجمالي

ذلك الوقت يكون عبارة عن تسامر وتحدث في وقت فراغهم وجل ذلك الوقت يصرف في بحثهم عن الرزق وكسب قوتهم اليومي....

وبالنظر عن مصدر رزقهم الرئيسي لتلك القريه الا وهي موقعها الجغرافي كقرية ساحليه حيث الصيد والتعاون بين جميع افراده لكسب رزقهم من مهنة الصيد ككونها مهنة رئيسيه لجل افراد هذ القرية الصغيره.

ويبدأ افراد المجموعة الواحده بانطلاقهم من باكورة الليل والذهاب كمجموعه واحده وركوبهم قارب الصيد حيث التجهيز له يستوجب من الافراد بذل الوقت والمال..؟!

وبعد ذلك يستعد الافراد لمواجهة البحر وامواجه المتلاطمة ببعضها ويتطلب ذلك منهم معرفة تامة بالبحر وباتجاه الرياح التي تسير ذلك القارب الممتلىء بالافراد الباحثين عن رزقهم؟!...

وترى ارتطام الامواج على جدران القارب تتمثل كانها غيوم في سماء وتراكمت فوق بعضها على صفحة السماء الزرقاء لجعلها لوحة تعكس ما يدور فالبحر وبما يحويه

وترى منهم ورغم ما لاقوه من يومهم من تعب وكد للوصول للرضا وتلك الرسمة على وجوههم من بهجة ورضاء وسرور؟...في ختام يومهم المليء بالمشقه لكسب الرزق...

وفي يوم مشرق ذا اشراقة ذهبية؟..بعد ليلة مظلمه لطالما غاب فيها الاشعاع ولايرى، ويحل اليوم بشعاعه الذي يخيم وكأنه صفحة مليئة بالالوان حيث تتقلب في وقت تلو الاخر لترى فيها السماء الصافيه كصفحة جديدة ذات لون ازرق تنبعث من خلالها لوحة السحب وهي تسير واحدة تلو الاخرى تتخللها اشعة ذلك اليوم

المنبعثه من الشمس ذات اللون الذهبي كأنه بريق ينير في جنبات الطرق ليشق طريقا كان بالامس يملؤه الماء مع حبات الرمال ليصبح طينيا ومن ثم إلى طريق سهل المسير....؟

وذات يوم ذا صباح مشرق جميل؟، والرياح الخفيفة ذات النسيم الرائع وهي تداعب وتحنو على ورق الشجر وتحرك باعلاها اغصان النخيل... والموج وهو يتعالى تارة وينخفض تارة اخرى حتى ترى المركب الصغير يتحرك مع حركة الموج وتراه كأنه بمكانه ثابت؟ كأنه يعلو تارة ويهبط تارة أخرى؟

وحيث تلك ترسم لوحة مبدعة للطبيعه، وهي بدورها تنشر في انحاء القريه وجنباتها السرور والبهجه لما تبعث في روح النفس الفرح والسرور وما فيها من اندفاع عفوي للقيام بعملهم الروتيني وماتبعثه من قوة ونشاط عملي..

.وبالنظر للحالة الاجتماعيه لمجتمع القرية الصغيره ترى هناك تجاوب بطيىء بين الافراد في تنمية حركتهم اليوميه...، وذلك لسبب التعلم ودرجة التعليم المتأخره وحيث منهم من تخطى محو الاميه ومنهم من في درجة علميه عليا تدفع به للعيش في مكان ذا

طبيعة راقيه حيث تتوفر فيه الخدمات التعليميه والمعيشيه... وهذا كفيل بان يجعل التواصل بين الافراد ومجتمعهم ودرجة التنمية الاقتصاديه لديهم ذات بطىء شديدين...؟؟

حيث الصيادين يشغلون جل وقتهم بالصيد...

وكذلك ينشغل الفلاحين بتلك القرية الصغيره،، بجمع المحصول من الارض التي اخدت جل وقتهم بزراعتها من بداية عملهم المبكر يوميا؟...،

ومع الجلوس امام أو في وسط الطريق لترى الماره؟، وهم يلقون السلام أو يلقون التحية وذلك قبل غروب شمس ذلك اليوم بدقائقه المعدوده المتبقيه، ومايدور في خلجات النفس من الهام مباشر من طريقة لبسهم وهيئتهم وطريقة تسامرهم؟،. والاستعداد بعدها للذهاب لمقر السكن والمأوى حيث يسدل الليل ستاره الاخير ويخلصون بعدها للنوم والراحه لابدانهم وجوارحهم؟،. بل لتلك الجوارح المنهكه التي انهكها اليوم بشغلها والكسب لقوتها اليومي...؟!

ونتواصل بعدها لما في قصة القرية الصغيره، ذات الطابع الفطري في التعامل وتطبيق الاعراف فيما بينهم....

حيث ذات صباح ذهب احد الفلاحين البسطاء لعمله اليومي حيث يقوم بحرث ماتبقى من ارضه وحصد ماتم زرعه،. واذ به يرى ماشيته قد اصابها المرض (حيث لاتستطيع اكل مايوضع امامها من طعام)... واذ به يطلب المساعدة من الطبيب البيطري القريب منه في الحال الذي طالما بذل جهده ووقته لتوفير مايحتاجه الفلاحين من علاج لجعل ماشيتهم في احسن حال؟... واذا

بالطبيب يأتي على عجلة من امره مؤجلا ماقد تم جعله من اولويات في يومه من اعمال واشغال..

(حيث يتم تقسيم عمل الطبيب البيطري إلى قسمين رئيسين اولاهما الاشراف الدوري والروتيني على مزارع الماشية والدواجن للاعطائها الدواء المناسب مع حساب فترة سحبه من الجسم (من لحوم والبان) لتحقيق الامن الغذائي للفرد والمجتمع....

وثاني تلك الاعمال الا وهي التدخل في حالات المرض حيث تسمى فترة العلاج اللازمة لتحقيق المحافظة على الثروة الحيوانية والداجنه...؟؟؟

وبعدها تأتي فترة من الامان الاقتصادي الافتراضي القائم على التعاون البسيط...، لتحقيق تلك التنمية الاقتصاديه الفعاله في غيرما كسل أو تخاذل من أي من الافراد

و أي كجعل الافراد وحده واحده أساسها الجهد والتعب لكسب الدرهم والدينار....

ويتم توزيع ما تم جمعه في صرة مصنعة من قطعة قماش؟،

حيث جل المال يصرف في توفير ما يحتاجونه من طعام وشراب لتلك الاسره الصغيره ويتبقى الجزء الاقل حيث يتم توجيهه للمصارف الاضافيه اي بتلك المصاريف التكميليه للحياه..

ومنه ما يتم ادخاره ليعينهم على أعباء الحياة المستقبلية...،

وحقيقة هذا الطريق ايضا يتخذ من بدايته محل لصنع الاكلة الاكثر شعبية الفلافل والفول وهي تعتبر الاكثر شعبيه ويشترك فيها الفقير والغني لاحتوائها على مصدر رئيسي لعنصر البروتين.....؟!

وينتهي ذلك الطريق بجسر اسمنتي، يمر فوق جدول من المياه الراكده حينا والمتحركة حينة اخرى؟! وبينهما طريق

(اي بين بدايته ونهايته) طريق طيني يتيبس بعد سقوط بعض الامطار عليه ليصبح صعب المشي عليه ويكون اكثر وعورة الا اذا تم امتطاء وسيلة نقل حديثه تسهل من المشي عليه؟! وعلى جانبه جدول من الماء وفوق ذلك الجدول جسور خشبيه من الاشجار صنعها الانسان لتسهل عليه.. الحركة بين جنبات الجدول. ؟؟؟!

وفي نهايته أرض لطالما شقي الفلاح بزراعتها لتأتي بالمحصول الزراعي؟!...الذي يناسب فصول السنه من زراعة الربة في الشتاء؟ وقمح وارز في الصيف؟؟وقبل الوصول لنهاية ذلك الطريق ترى الجسر الاخير لدخول القرية بأمتار قليله حيث يقبع موقع لنشر وتوزيع لمواد البناء من رمال ومن انواع الطوب المستخدم في البناء بانواعه الاحمر والابيض؟!

وايضا من الحجارة الصغيره حيث يتم توزيع ونقل مواد البناء للمناطق المراد تعميرها من مناطق حول أطراف القرية والمناطق ذات الاستفاده والعمل،،،، كالمناطق الساحليه لعمل رصيف يستفيد منه الصيادون...والانتقال بعدها للعمل وحث القرويين إلى العمل المثمر؟!

ومن بعدها نبذ العصبيه القبليه التي طالما انتشرت وتأسست في الروح القبليه نتيجة نقص التعليم وانتشار الاميه... حيث شجعت افراد القبيله ذو التعليم المتميز العالي للانتقال للعيش في مناطق اكثر تقدما من مدن وبلدات أكبر مساحه من تلك القريه الصغيره... ونظرا لاحتوائها على سبل العيش الكريمه والمتطوره ومن امور ترفيهيه تجعل من الحياة اكثر نشاط وحيويه وراحة وتطور........

حيث التطور يشمل جوانب شتى من الحياه اولى هذه الجوانب التطور الذاتي وماتحويه من تنمية فرديه وثقافيه وتطوير للذات؟!

وبعد ذلك تستطيع الحكم بنفسك كزائر لتلك المناطق البدائيه ماهية اسباب التأخر في سبل الحياة شتى ويفتح وينير في تفكيرك

كيفية كسب الثقه من أهالي القرويين ونبذ العنف والعصبية القبليه؟!...

وترى أيضا حين تتمشى بجنبات القريه شخصا قد افترش ارض محله الذي اعتاد ارتياده لصنع وغزل خيوط الحرير والتي قد بدأ يغزل بها شبكا تارة ويغزل خيطا مزدوج تارة اخرى من اجل الصنارة التي تتصل بعد ذلك ى(بعيدان من النبوت) ويستخدم كلاهما، اي الشبكه والصنارة من اجل الصيد بل لجعل طريقة صيد الاسماك سهلة، ولجعل كذلك الوصول للأنواع المختلفة من الأسماك التي تهديها له البحار والأنهار سهلة الإمساك بها....

مما وهبه الله للعيش فيها؟!...ويستخدم القرويين الصيادون من مجمل ماقد تم طبخه من خبز وهو مخلوط من الخبز والشعير.... وكذلك ايضا امعاء من الدواجن للظفر باسماك أكثر قيمه غذائيه واكثر قيمة تسويقيه...

ومع التجربة تجد نفسك قد امتطيت وسيلة نقل بسيطه كخيل أو اي شي ء من فصيلته وحينها تجد نفسك قد استغرقت فترة كبيره تستطيع من خلالها أن تقيم نفسك والوسط المحيط بك...وهل

تستطيع أو لديك القدره على ترك ذلك المكان البسيط أو الانقطاع عنه للحظة واحده؟!...

وهذا تقيم نفسي وجسمي لما قد مررت به من فتره عشتها. سواء تحسبها وجيزه أو فترة اعتبرتها سبيل لزيادة في ثقافه أو اضافه فكره معينة في حياتك...؟!

وتمر اللحظة تلو اللحظة وما تعلم ما يجول بخاطرك هي لزيادة فكره أو وضع ماتم اكتسابه نصب اعينك...وجعله نبراس لتخطي خطوة جديدة في حياتك المستقبليه...؟!

وفي ليلة مضيئة ليوم بهيم... ترى القروين(الفلاحين) يذهبون لجمع المحصول مما قد تم زرعه..والقسم الاخر تراهم يذهبون للصيد في اعماق البحار (وهم الصيادين)

وتراهم وهم يهتدون بسيرهم بمواقع النجوم.. وكأنك تراها... من تشبيه ابداعي كأن النجوم قد تألقت في السماء كأنها لوحة مضيئة صنعت وصيغت من لوحة فنية مبهره......وتشبهها ايضا كسجادة نسجت من وحي مضيء من خلق مبهر دقيق؟! لتعطي القوة والقدره للسير في البحار....

وحين...و بعد حين قصيرة...ترى تكملة لتلكم القصه وضع نقاط على احرف وكلمات وجمل كانت من غيرما نقاط لتصبح ذات معاني لتجعل من تكملة تلكم القصه تكملة مفيده؟!...

بل تكملة لتلكم الرواية القصيرة واستخلاص ماتم معرفته واكتسابه،،،...ومن اقوى هذه المفردات ان ترى جدول الماء يسري فوق سطح الارض ومع ذلك الجرف الذي طالما حدد مسار المياه.. وترى بعدها المياه تختلف في ارتفاعها حينا... وحينا اخرى تراها تحت منسوب مستواها من الارتفاع الطبيعي...؟!

وتنقسم بعدها تلك الجداول الصغيره حيث تأخذ كل منها مجرى ناحية الارض لترويها بتلك القطرات من المياه، التي طالما تعطشت واشتقت حبيبات التربة لها... لانبات تلكم النبته وماتحتاجه التربه من امداد من سماد ومادة كيميائيه تحفيزية للانبات، ولزيادة جودة النبتة من ربة وارز وقمح وخضار وبنجر وقصب سكر وغيرها من النباتات وزروع سائدة زراعتها بتلك المنطقه..

❋ ❋ ❋